SAINT-NICOLAS, PRÈS NANCY. — IMP. DE P. TRENEL.

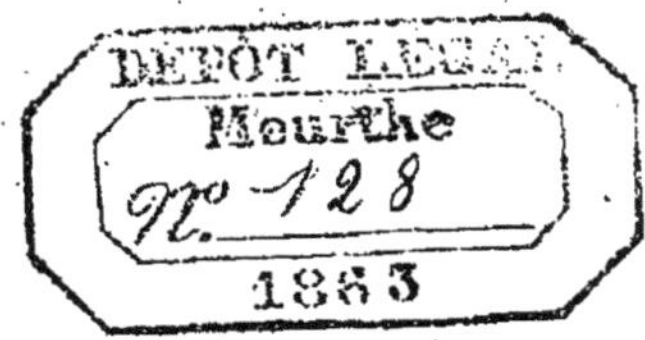

LA

FOLLE DÉCORÉE

OU

ÉPISODES

DE LA VIE D'UN MÉDECIN

PAR

Le Docteur PUTEGNAT (de Lunéville).

Dii, meliora piis ! (VIRGILE.)

NANCY
N. GROSJEAN, LIBRAIRE
Place Stanislas, 7

LUNÉVILLE
Mme GEORGES ET FILS, LIBRAIRES
Grande-Rue, 34

1863

A MESSIEURS LES MEMBRES

DE

L'Académie impériale de médecine de Paris et de la Société impériale de chirurgie de la même ville, de l'Académie royale de médecine et de chirurgie de Turin, de l'Académie royale de médecine de Belgique ; des Sociétés de médecine de Bordeaux, Bruges, Bruxelles, Caen, Dijon, Dresde, Gand, Lyon, Marseille, Metz, Paris, Strasbourg et Toulouse, etc., etc.

SAVANTS ET TRÈS-HONORÉS COLLÈGUES,

A vous, qui avez l'amour de la justice et qui vous êtes élevés, non par l'intrigue, mais par le dévouement à l'humanité, le zèle pour le progrès, des découvertes utiles, des succès dans les concours et la presse médicale, et dont les titres scientifiques et honorifiques sont gagnés légitimement ; à vous, qui aimez la défense de l'honorable praticien, du courageux pionnier et qui flétrissez le favoritisme impudemment injuste, je dédie, comme un faible témoignage de ma profonde estime, cet opuscule, qui aurait mérité une plume brillante et mieux connue, puisque son but est noble.

PUTEGNAT, D. M. C. P.,

Lauréat dans plusieurs concours.

Lunéville.

LA

FOLLE DÉCORÉE

OU

ÉPISODES DE LA VIE D'UN MÉDECIN

CHAPITRE I.

UN REPAS DE MÉDECIN.

Il y a des années de cela : un soir, pendant que, fatigué par une très-longue course, faite sur une carriole et par une pluie d'hiver, qui m'avait mouillé jusqu'aux os, pour aller, dans la ville de C....., en Vosges, berceau d'une de nos grandes célébrités chirurgicales actuelles, porter secours à un père de famille, à un savant confrère, qui se mourait d'une longue maladie, aggravée par l'excès de travail et le dévouement à l'humanité (hélas ! le venin de l'ingratitude détrempe fréquemment le pain du praticien) ; un soir du mois de novembre, pendant que, séchant mes habits et me réchauffant devant un feu de cheminée, je tenais, sur mes genoux, mon orpheline, mon enfant qui me tourmentait agréablement par ses mille et une mutineries ; que j'entendais, avec plaisir, le cliquetis de mon couvert qu'on dressait dans la pièce voisine ; que l'odeur d'un modeste repas me faisait venir l'eau à la bouche, un de mes domestiques vint me dire :

— Monsieur ! il y a quelqu'un qui voudrait vous parler.

— Est-ce pressant ?

— Oui, monsieur.

— Faites entrer.

Un valet de chambre parut alors et me dit :

— Monsieur le docteur, mon maître m'a chargé de vous offrir ses compliments et de vous prier de vous rendre chez lui, aussitôt que possible.

— Suffit, Georges.

Un quart d'heure après, tout en maudissant tant soit peu, j'ose l'avouer, ce contre-temps et en apaisant, par des raisons, puisées dans l'amitié et dans la responsabilité morale du praticien, mon estomac, aiguillonné par le délaissement dans lequel il était depuis douze heures, je me rendis chez M. Pigoux.

Il me faut donner ici quelques détails sur le physique, l'éducation, le caractère et la position sociale des personnages de mon drame. Je dois, ce me semble, « jeter un rayon de clarté sur eux avant que le lecteur les voie s'enfoncer dans l'ombre d'une aventure tragique. »

Quoi qu'ils soient tous morts (excepté, Dieu merci ! l'auteur de cette narration), j'aurai grand soin d'étendre, sur chacun d'eux, un voile impénétrable, en déguisant les noms et époques.

CHAPITRE II.

UNE FILLE D'ANDALOUSE ET LE COMMANDANT VIRAUT.

Joséphine Viraut, âgée de vingt-deux ans, épouse depuis deux années de M. Athanase Pigoux, était non-seulement jolie, mais encore angéliquement belle.

Sa taille était souple et gracieuse, et son port noble et majestueux ; ses pieds étaient mignons ; sa main, petite et potelée, avait une attache fine ; sa chevelure, touffue et ondulante, était d'un noir chatoyant. Un sourire doux, mélancolique et spirituel, errait assez fréquemment sur son visage et inspirait l'intérêt et la confiance.

Ses grands yeux noirs, à demi-voilés par des paupières, dont le bord, libre et presque horizontal, était orné de longs cils, dénotaient de la finesse et de la sensibilité. Son regard, habituellement langoureux, devenait, tout-à-coup, brillant et d'une vivacité pénétrante : il avait alors quelque chose de celui de l'Andalouse, et bientôt on en connaîtra la cause.

Son père, qui avait conquis ses grades et sa croix, non par droit d'ancienneté, ni par faveur, mais par sa loyauté et à la pointe de son sabre, c'est-à-dire, au prix de son sang, avait épousé une Espagnole, pour laquelle il s'était épris d'amour, lorsque, faisant partie du corps d'armée du général Gouvion-Saint-Cyr, qui appuyait le Prince de la Paix, dans son invasion du Portugal, par ordre de Napoléon Ier ; il avait séjourné à Salamanque.

Marianna Fernez donna plusieurs filles au commandant Viraut. Joséphine, la dernière née, seule ne mourut point, en voyant le jour ; mais elle eut le malheur irréparable, alors qu'elle n'avait encore que quelques mois, de perdre sa mère.

Dans le but de surveiller la santé et l'éducation de sa fille, le commandant prit sa retraite et alla vivre, loin du monde, dans la maisonnette qui l'a vu naître, héritage de son père, brave cultivateur du village de H...

A seize ans, Joséphine, à la demande de son père, fut admise dans la maison d'éducation de Saint-Denis, où elle ne tarda point à se faire remarquer par son intelligence et son assiduité au travail, en même temps que son gracieux physique, sa douceur et son excellent cœur lui gagnaient l'estime de ses maîtres et l'amitié de ses jeunes compagnes.

Elle faisait sa quatrième année dans cet établissement, lorsque son père, courbé, moins par l'âge, que sous l'atteinte portée à sa constitution par ses chagrins (il venait d'être dépouillé d'un grand héritage, par son frère, vieux garçon, et il n'avait point oublié son épouse), par ses blessures, reçues en Italie et en Espagne, la rappela auprès de lui.

Il agit ainsi, non pour jouir d'un soutien et d'une compagnie, car il était trop bon père pour avoir cet égoïsme ; mais, uniquement, dans la crainte de mourir sans revoir, sans embrasser et presser sur son cœur sa fille, l'enfant de Marianna Fernez.

Depuis son retour, quelques mois s'étaient à

peine écoulés, pendant lesquels Joséphine n'avait cessé de combler son père de caresses et de lui prodiguer, de bon cœur, toutes sortes de soins, que le glorieux débris du premier Empire s'éteignit subitement.

La veille de sa mort, le commandant, ayant conscience de sa fin prochaine (quel est le médecin qui n'a point rencontré, maintes fois, des individus, atteints d'une maladie fatalement et tout prochainement mortelle, avoir cette conscience !), retint près de son lit, plus longtemps que d'habitude, sa belle Joséphine.

Après de minutieux conseils, donnés avec une douceur et surtout avec un sangfroid que seul, un tel père pouvait feindre, attendu ses souffrances physiques et les angoisses de son cœur, il lui remit ce qu'il appelait ses reliques, en la suppliant de les conserver à jamais : sa croix, qu'il tenait de la main de l'Empereur et un cœur en verre, garni d'un cercle d'or, renfermant des cheveux de Marianna Fernez.

Ainsi, jusqu'à sa mort, le commandant ne trahit point la confiance que lui avait témoignée son épouse.

Marianna Fernez, à ses derniers moments, lui avait dit : « Je ne te recommande pas notre en-
» fant, car je suis convaincue que tu l'aimeras
» pour nous deux. »

Magnifique testament d'une mère, qui, à lui seul, aurait suffi pour faire connaître le commandant !

CHAPITRE III.

UN DESCENDANT DE TARTUFE.

Joséphine, orpheline et sans parents, ne sachant où se retirer, à quel appui se confier, eut l'heureuse pensée d'écrire à sa meilleure amie de Saint-Denis, pour lui faire connaître sa position et demander des conseils à son père.

Quand je dis que Joséphine était sans parents, je n'exprime point l'exacte vérité. En effet, dans une petite ville de la Haute-Saône, vivait encore Basile Viraut, frère puîné du commandant.

Un teint blême, un front bas, des sourcils,

qui se continuaient sans interruption, des yeux fauves et un regard vacillant, cachés derrière des lunettes bleues ; un nez droit, des joues creusées en dépressions triangulaires, une bouche pincée, dissimulant des dents longues et sales et un menton pointu inspiraient une profonde méfiance.

Ah ! je n'ai vu qu'une seule fois ce Basile Viraut, et, cependant, je ne saurais l'oublier.

Derrière chaque oreille, il portait une énorme proéminence, témoignage phrénologique de l'astuce et de la méchanceté. Son sommet de crâne, élargi, indiquait la ténacité dans les convoitises terrestres et résolutions.

Il marchait lentement, la tête inclinée vers la terre, non par humilité, comme il cherchait à le persuader ; mais, tout simplement, parce qu'il avait conscience de son manque de valeur morale et qu'il redoutait d'être étudié et principalement compris.

Ce seul parent, qui restait à Joséphine, venait de la dépouiller d'un grand héritage et, par cet acte ignominieux pour tout individu et surtout pour un oncle riche et sans enfants, avait porté un coup fatal à l'honnête commandant, ce bon père.

Basile Viraut, affilié à plusieurs confréries, était un de ces fins et rusés politiques qui, comme l'a dit Guy-Patin, font leurs affaires, *per fas et nefas*, dans le monde, *in nomine Domini et pretextu religionis, quam semper et ubique simulant, astutè et callidè*, aussi était-il parvenu, à force de patience, de ruses et de calomnies, dignes des Scapin et Tartufe, à indisposer sa sœur, Mme Fichon, née Candide Viraut, contre le commandant, ce vieux sabreur, cet athée, et à se faire nommer son légataire universel.

Ce vieux garçon, cet homme riche, mais faux dévot et passefin, n'avait point hésité, sous prétexte d'œuvres pies, de calomnier son frère et de voler sa pauvre nièce !

Ainsi, il avait confirmé cette maxime de Dryden (dans le Moine espagnol) : Ce n'est pas le temps du plaisir, mais celui du danger, lorsque certaines gens d'église viennent à prendre un masque.

CHAPITRE IV.

LE MARIAGE D'UN EX-QUINCAILLIER.

Joséphine, bien renseignée, par le commandant, sur la moralité de son oncle, ne pouvait avoir confiance en un tel parent, malgré ses protestations ; aussi se rendit-elle à Nancy, appelée qu'elle y était par sa meilleure amie, dont le père, ancien et digne colonel du commandant, auquel il devait la vie sur le champ de Marengo, l'accueillit avec joie et une sincère cordialité, en lui assurant qu'elle trouverait chez lui une nouvelle famille.

Le colonel Humbert occupait, dans la rue Saint-Dizier, le premier étage d'une maison, dont le rez-de-chaussée était un magasin de quincaillerie, tenu jusqu'alors par un vieux garçon, connu sous le nom de Pigoux.

M. Athanase Pigoux avait cinquante-huit ans. Il était né dans le village, qui avait donné le jour au colonel.

Issu d'une famille pauvre et honnête, dans laquelle il avait puisé des principes de travail, d'ordre, d'économie et de probité, il était parvenu, dans quarante années, grâce à ses qualités et à d'heureuses spéculations, à amasser une brillante fortune.

A l'époque où Joséphine était si heureusement accueillie par le colonel, Athanase Pigoux, fatigué des affaires, venait de céder, avec générosité, son commerce à un de ses petits parents et devait se retirer, sous peu de mois, à Lunéville, où il avait une grande partie de sa fortune et ses meilleurs correspondants.

A peine avait-il installé son successeur, qu'il avait formé, et réalisé ses capitaux, que, réfléchissant à l'avenir calme et uniforme, qui commençait à succéder à une vie si agitée et si remplie, il reconnut qu'il abandonnait, pour raison de santé et désir de repos, un mal pour se jeter dans un autre, et que cette oisiveté ne pourrait tarder à lui devenir pénible.

Après avoir mûrement pesé tous les moyens qu'il crut capables de rendre moins sensible cette transition, il résolut de se marier.

Ainsi encore, et c'est une des considérations qui le décidèrent si promptement, il espéra faire des heureux ou utiliser une fortune si durement et légalement acquise.

Cette détermination prise, son choix, à son grand étonnement et à celui de ses quelques amis, ne tarda point à être fait et arrêté.

Admis, comme type d'honnête homme et à titre de compatriote, dans l'intérieur du colonel, il avait eu, maintes fois, l'occasion d'apprécier la simplicité naturelle et le bon cœur de Joséphine.

Frappé de l'avenir incertain de cette orpheline et n'écoutant que son penchant à rendre service, il ne tarda point à s'intéresser beaucoup à cette jeune fille.

Ainsi, poussé par ses généreux sentiments, il en éprouva bientôt un d'une autre nature.

Athanase Pigoux, qui n'avait fait que des

affaires et su, à l'occasion, tendre une main secourable, aima bientôt Joséphine, de tout son cœur, novice en amour.

Ah ! bien certainement, s'il eût tant soit peu vécu dans le monde, il aurait pris moins facilement et moins promptement pareille résolution.

Assurément, il n'eût point eu cette hardiesse, s'il eût remarqué ces frais et tendres bourgeons qui, en étourdis, profitant des dernières belles journées de l'automne, se montrent, trompés qu'ils sont par quelques rayons du soleil, en s'échappant de leur enveloppe protectrice, et qui ne tardent point à être dévorés par les premières gelées.

Ah ! s'il eût observé ces vieux sapins, qui, s'élançant du sommet escarpé d'un rocher, d'où ils semblent défier le ciel, sont punis de leur audace par quelque coup de foudre qui les broie, il aurait hésité, et aurait probablement suivi une autre route, moins dangereuse, parce qu'il aurait craint quelque grande catastrophe.

Sorti de sa spécialité ou des affaires commerciales, Pigoux ne raisonnait pas mieux et n'avait pas plus de prévoyance qu'un enfant.

Guidé par son cœur et sa loyauté, jugeant et estimant les autres d'après lui-même, il ne sut pas se défier de l'avenir.

Trois mois après ses confidences au colonel, l'ex-quincaillier se maria, et la pauvre Joséphine Viraut devint la riche Madame Athanase Pigoux, à la grande satisfaction de tous ceux qui désiraient, pour l'orpheline, un appui honorable et un avenir assuré ; pour M. Pigoux, un intérieur calme et de vieux jours heureux.

Cette union, si mal assortie, il est vrai, sous les points de vue de l'âge, de l'éducation, des goûts et des passions, quoique contractée, d'un côté, dans un but de raison ; de l'autre, avec une intention loyale, devint une source fatale de malheurs pour les époux.

CHAPITRE V.

EN ZIGZAG DANS LE DUCHÉ DE NASSAU.

Le jour de leur mariage, Madame et M. Pigoux quittèrent joyeusement Nancy, et allèrent passer la belle saison à Ems.

Oh ! la charmante et coquette ville !

Partagée, dans toute sa longueur, par le cours sinueux et rapide de la Lahn , Ems , la riante, est située au fond d'une pittoresque vallée, riche en beautés naturelles et surtout par la puissance curative de ses thermes qui , chaque année, attirent une foule immense de malades et surtout de flâneurs.

C'est à l'hôtel du Kayser-Adolphe que je fis la connaissance de Madame et M. Pigoux.

Que de bonnes causeries et de flâneries, que d'excursions n'avons-nous pas faites ensemble !

Jamais je n'oublierai nos courses au mont Taunus et dans les montagnes du Westerwald ; notre trop court séjour à Wiesbaden, digne émule, pour le bruit, les plaisirs et le luxe de Baden (pas celui de la Suisse) et de Hombourg, et dont le Kursaal, si riche, si élégant et si grandiose, est orné de statues et de bustes, en marbre de Carare, dus aux ciseaux des plus grands artistes de l'Allemagne.

C'est avec Madame et M. Pigoux que j'ai visité Schlangenbad, aux eaux cosmétiques, placée dans une petite vallée solitaire et pittoresque, où l'on respire un air d'une fraîcheur délicieuse ;

la charmante ville, demi-rustique ou demi-civilisée de Schwalbach, aux eaux ferrugineuses, si revivifiantes, assise, éparse, dans un vallon, heureusement ombragé ; enfin, le dôme de Mayence, sans façade, comme les cathédrales de Worms et de Trèves, composé de deux absides romanes, ayant chacune son transept, qui se regardent et sont réunies par une grande nef.

C'est dans cette cathédrale, à la voûte de laquelle on voit encore un boulet français, que l'on rencontre, au milieu des tombeaux d'évêques et de princes, celui du troubadour, auquel on fait remonter la jolie légende du *Vergistmeinnicht*.

De Wiesbaden, nous avons gagné Francfort, où nous avons visité le Rœmer, la statue d'Arianne, le monument hessois, les boulevards garnis de si riches et élégantes constructions, le jardin Rothschild, où nous avons été reçus par des laquais très-polis, quoique très-dorés, et le monument funèbre, élevé au naturaliste Batemann, et dont les admirables bas-reliefs sont dus à l'auteur du lion de Lucerne, à Thorwalsden.

De Francfort à Heidelberg, le trajet est assez ennuyeux ; mais nous sommes amplement récompensés par notre visite au vieux château, de la terrasse duquel on découvre le pont sur le Necker, charmante rivière qui baigne un si joli et fertile pays ; par la vue de la maison, bâtie en 1592, située en face de l'église du Saint-Esprit, destinée à deux cultes.

Je me fais vieux, aussi j'aime à causer et à me rappeler mes beaux jours, hélas ! si rares.

Ah ! si je savais raconter ! quelle joie n'aurais-je pas à dire les douces impressions que j'ai rapportées de mes dernières courses ! celles que j'ai faites, avec Joséphine et son mari, sur la côte de Sion et dans les Vosges, dans l'intérêt de la santé de M. Pigoux.

CHAPITRE VI.

SION ET LA SAINTE-HÉLÈNE.

C'est par un sentier, étroit, pierreux et escarpé, serpentant sur le flanc est de la côte, au milieu des ronces et des buissons, que nous sommes arrivés, suant, soufflant, et tirant la langue, sur le sommet de Sion, qui est un des plus fameux pélerinages de la Lorraine, et d'où l'on découvre un immense et magnifique panorama.

D'un côté, vers le nord, dans le lointain brumeux, on croit reconnaître la cathédrale de Metz ; tout près, à nos pieds, dans un bas-fond fertile, où l'on ne dîne pas trop mal, bien qu'il soit surnommé le Pot-de-Chambre de la Lorraine, s'élève la flèche, si mince et élancée de Vézelise.

En face, un vaste horizon, terminé par la chaîne des Vosges, au milieu de laquelle dominent majestueusement le Donon et le Honeck, dont les cîmes azurées se confondent avec les nues.

Dans cet horizon, apparaissent de nombreux villages ; le château de Haroué, dans lequel nous avons admiré ce que la richesse, guidée par le bon goût, peut accumuler de rares et magnifiques antiquités ; puis des rivières fertilisant de vastes prairies, des vignobles, de riches moissons ; enfin, les tours silencieuses de Lunéville.

Au sud, nous voyons, dominant une riche

contrée, des ruines imposantes, témoignage de l'ancienne splendeur et de la toute-puissance déchue de Vaudémont.

Qui ne sait le rôle important que jouèrent, dans l'histoire de la Lorraine, les comtes de Vaudémont.

Qui ne sait que l'un d'eux, le duc de Mercœur, vit sa fille, la princesse Louise, aussi bonne que belle, assise sur le trône de France, à côté de Henri III, en 1775!

Dans l'angle rentrant, formé par les deux extrémités de la côte de Sion et qui regarde l'ouest, gît, tout disséminé, un obscur et petit village, nommé Saxon, où l'on trouve un couvent de femmes et, beaucoup mieux, une fontaine, remarquable par l'abondance, la fertilité, la fraîcheur, la limpidité et la modestie de sa nymphe, ombragée par de beaux saules et peupliers.

Près de cette source, nous rencontrâmes deux villageois et leur petite fille, assis gaiement autour d'un linge bien blanc, étendu sur l'herbe, et sur lequel étaient un pâté ébréché, dont l'aspect et le parfum aiguisaient l'appétit, et une bouteille, surmontée d'une couronne de cire brisée.

Pendant que Madame Pigoux caressait la petite fille, à la figure de lutin, au teint brûlé par le soleil, aux blonds cheveux, dont les boucles, enchevêtrées, flottaient au gré du vent, la jeune paysanne me raconta, avec joie, cette histoire naïve et touchante :

Notre présence à Sion est l'accomplissement d'un pélerinage annuel, que nous nous sommes engagés à faire, mon mari et moi, le jour de notre mariage.

Je suis de ce hameau, dont voilà le pauvre clocher ; là mes parents habitaient une humble maisonnette, voisine de la demeure de la famille de mon mari.

Mes jeux d'enfant furent partagés par Joseph, que je cherchais toujours et qui savait toujours me rencontrer.

Un jour, je venais d'atteindre ma seizième année, je reconnus que je tenais beaucoup à mon ami d'enfance et que Joseph Aubert partageait mon sentiment d'amour.

Hélas ! mon bonheur fut de bien courte durée ! Mes parents moururent, me laissant seule, toute seule, n'ayant, pour fortune, qu'un nom sans tache, une heureuse santé et un frais minois.

Aubert, le riche fermier, ne voulut point consentir à l'union de son fils avec moi, si pauvre orpheline.

Dans le but de tranquilliser M. Aubert, après avoir versé bien des larmes sur la tombe de mes parents, je m'éloignai du village, berceau de mon enfance, où chaque objet me rappelait mes amis, mes parents et mon amour, et je me rendis, à Toul, chez une vieille dame, propriétaire de la ferme que tenait à bail le père de Joseph.

Oh ! combien de fois, dans ma prière, n'ai-je pas remercié ma patronne, qui est celle de l'Église de Sion, sous la protection de laquelle je m'étais placée, dans cette difficile circonstance de ma vie !

Cette vieille dame, attendrie par le récit de mes malheurs, m'accueillit avec bonté et me retint pour compagne.

Pendant cinq années, je ne l'a quittai pas, lui donnant, de bon cœur, tous les soins qu'elle méritait.

La veille du jour, où Dieu la rappela à lui, il m'en souviendra à tout jamais, elle me dit, en me serrant la main : « Marie, tu es une brave et bonne fille, tu mérites beaucoup et tu seras récompensée. »

En effet, le lendemain de sa mort, un notaire m'annonçait que Madame veuve Dubois, sans parents, m'avait légué la ferme cultivée par le père Aubert.

Deux mois après, mon mariage avec Joseph se célébrait et nous faisions vœu, mon mari et moi, en recevant la bénédiction nuptiale, de venir en pèlerinage à Sion, chaque année, le jour de la Sainte-Hélène, patronne de ma bienfaitrice.

Le nom que nous avons donné à notre enfant est celui de Madame Dubois, et la mèche de cheveux, que vous voyez dans ce médaillon, suspendu à mon cou, lui a appartenue.

CHAPITRE VII.

A TRAVERS LES VOSGES ET LA LÉGENDE DU LAC LAMÉ.

De Sion, passant par Mirecourt, si renommée par ses dentelles et où Madame Pigoux fait ample provision, nous gagnons Luxeuil.

Cette ville, dont l'établissement thermal, qui remonte aux Romains, est un des beaux et utiles de la France, est située au pied des Vosges, dans un gentil paysage.

Nous y avons visité, avec un grand plaisir, l'hôtel-de-ville, la maison qui lui fait face et l'église ; ce sont de fort gracieuses constructions, respectées par le temps et le bon goût et qui datent du XVe siècle.

En quittant Luxeuil, nous laissons à notre gauche Saint-Loup, petite cité, où demeure Basile Viraut, l'oncle de mes compagnons, ce digne descendant de Tartufe ; nous traversons Fougerolles, renommé par son kirsch, digne émule, quand il n'est point fabriqué avec de l'acide hydrocyanique, de celui de la fôret Noire ; le Val-d'Ajol ; la Feuillée et la Vallée-des-Roches, que tous les baigneurs de Plombières ne cessent d'admirer et qu'on peut comparer aux plus beaux sites des bords du Rhin et de la Suisse, et nous arrivons à Remiremont, après avoir grimpé et descendu, en serpentant, une énorme côte, couverte de sapins et de hêtres.

Remiremont est une petite et charmante ville, située au bas-fond d'un entonnoir, garni de sapins, au sommet duquel est la promenade du Calvaire, d'où l'on découvre un spectacle enchanteur.

De Remiremont à Gérardmer, nous visitons d'abord le Saut-de-la-Cuve, constitué par une nappe d'eau qui tombe, en bouillonnant, dans un bassin creusé dans le roc; puis le Saut-du-Bouchot, gentille cascade, heureusement située et formée par les eaux de la Moselle qui tombent et se brisent avec fracas, sur des rochers couverts d'écume.

Gérardmer est aux Vosges ce qu'est Interlacken à la Suisse, et on peut comparer ces villes entre elles.

Gérardmer a ses lacs, réunis entre eux par un

cours d'eau qui, après avoir formé une cascatelle, dans un lieu obscur et sauvage, traverse le lac silencieux de Retournemer et celui de Longemer; serpente capricieusement, sur un lit prierreux, au milieu d'une prairie émaillée de blanches maisonnettes et de ces toiles si renommées des Vosges; forme le Saut-des-Cuves, placé au centre de vastes rochers, ombragés par des sapins; puis, sous le nom de Vologne, coule derrière la ville et va se jeter dans le lac de Gérardmer; comme l'Aar, qui sort du lac de Briens, passe derrière Interlacken et se précipite dans le lac de Thun, au-delà de Unterséen.

En face de Gérardmer, au lieu des pics neigeux des Alpes Oberlandaises, ce sont le Honeck et le Donon, des sommets mousseux desquels on reconnaît, en grelottant, la forêt Noire, le cours argenté du Rhin et même, mais avec beaucoup de bonne volonté, les Alpes et la cime glacée du Mont-Blanc.

Gérardmer a des cascades d'un certain mérite, quoique ne valant point celui de la chute du Staubach, placée dans le paysage de Lauterbrunnen, et dont l'eau, qui, comme celle de l'Arpenas, se dissipe en vapeurs bleuâtres, avant d'arriver au sol, représente, au lever du soleil d'une belle journée, l'arc-en-ciel; ni le mérite du Reinchenbach, dont l'onde, par ses brisements, fournit une écume, légère et plus blanche que le lait.

Si la ville des Vosges n'a pas les glaciers du Grimdelwald, de l'antre inférieur et obscur desquels jaillit, avec bruit, la Louisquine noire, elle en montre de petits, dans les anfractuosités des rochers qui encaissent et rafraîchissent la vallée des Granges, une des plus pittoresque des Vosges, au fond de laquelle bouillonne, dans ses nombreux replis, l'onde claire d'un gentil ruisseau, qui sert de compagnon au touriste.

Interlacken a son sentier, hardi, sauvage, qui conduit à la Jungfraud, à la grande et à la petite Scheidegg, puis à Meyringen, dont la vallée, au silence interrompu seulement par le bruit de nombreuses petites cascades, est dominée par le Brunig, cette charmante montagne, surmontée d'une chapelle, de laquelle on a des points de vue admirables, merveilleusement encadrés et, en quelque sorte, créés pour les peintres.

Gérardmer a aussi son sentier, bien pittoresque qui, par le Schluck, conduit à Munster.

Il est tortueusement jeté sur les flancs, garnis

de sapins séculaires, et contourne les croupes de Longemer et de Retournemer. Ces montagnes forment des entonnoirs au fond desquels sont les eaux verdâtres et dormantes des lacs que, en trop hardis touristes, nous traversons sur une nacelle pourrie, espèce d'auge, creusée dans un sapin.

Du Schluck, où l'on rencontre le chalet Hartmann, dominant avec audace des précipices, dont l'œil ne peut saisir la profondeur et, dans lesquels, cependant, descendent, d'un pas cadencé, de hardis schliteurs, on découvre Munster, enveloppée sous la fumée de ses nombreuses fabriques, et, près de là, la Roche-du-Diable, énorme rocher qui surplombe, dans un pays sauvage, accidenté, peuplé de sapins et qui rappelle cette portion de la vallée de la Mürg, vue, non sans vertige, de la plate-forme du château d'Éberstein.

A Gérardmer, comme à Interlacken, on rencontre de vastes troupeaux de chèvres et de vaches, précédés chacun du membre le plus intelligent et respectabily, muni d'une clochette, qui sert de rallicment au milieu des forêts, et à éveiller le touriste, alors qu'il est bercé de doux rêves.

Si la ville des Vosges oppresse et suffoque l'étranger par l'odeur de ses fromages, elle jouit, comme compensation, de ne montrer ni crétin, ni cicérones insupportables et surtout des voyageurs des genres *nô nô* et *ûi*, qui pullulent en Suisse. Quel est le touriste qui ne sait que MM. les Anglais et leurs milady, dont la taille, la gracieuseté des formes, l'aspect riant, la couleur des cheveux aux longues boucles, ne ressemblent pas mal à ces sapinettes mortes pour s'être élevées étourdiement, sur des rochers à peine recouverts de terre végétale, s'emparent brutalement, ou à force d'argent, du soleil, de l'ombre, des guides, des cicérones, des voitures, des hôtels Victoria et, surtout, des meilleurs plats.

Ah ! s'ils connaissaient ces délicieux pâtés aux truites, dans lesquels malheureusement on ne peut mordre à belles dents, que l'on trouve à l'hôtel de la Poste à Gérardmer ! Mais chut ! gardons ce secret pour nous autres Lorrains.

Nous disons, non pas, adieu ; mais au revoir à Gérardmer.

Hélas ! ce jour, nous ne pouvions prévoir le terrible drame qui boulverserait ce projet, et nous nous rendons dans la vallée de Celles, une des plus jolies, avec celle de Lutzelbourg, de la partie est des Vosges.

Cette vallée commence au village, dont elle porte le nom, et se termine à la plus haute montagne de la dernière chaîne, au Donon, qui forme la belle partie de la colline de Framont, si tortueuse et déchue de sa célébrité par suite de l'épuisment de ses mines de fer et du silence de ses forges et qui vient s'ouvrir sur l'Alsace.

Guidés par une gentille fillette, au teint blême, résultat d'une trop pauvre nourriture, nous arrivons au sommet rocheux du Donon, sur lequel sont gravés des milliers de noms, tous ignorés (ne troublons pas l'immortalité des badauds), et de là nous découvrons : à l'est, Strasbourg et l'Alsace ; au sud, la Suisse ; à l'ouest, notre fertile Lorraine.

Nous descendons, pendant nombreux kilomètres, jusqu'à Vexaincourt, village le plus rapproché du lac Lamé. Le besoin du repos et une faim de touriste nous ordonnent une halte, pendant laquelle je suis reconnu par l'excellent médecin de cette contrée, le docteur G..., qui s'empresse de me conduire chez plusieurs de ses clients et de me faire assister à une opération chirurgicale.

Après avoir mangé, de compagnie avec mon confrère, une soupe au lard et aux choux, une omelette et une matelotte de truites, le tout arrosé d'un excellent clairet, nous nous mettons en route, Madame et M. Pigoux et moi, bravant une chaleur étouffante, munis, chacun d'un bâton (grossière imitation de l'Alpenstock du Rhigi et du Valais) et précédés d'un guide, âgé de

14 ans, au regard malin et aux jarrets de fer, pour aller au lac Lamé, que l'on dit si curieux par sa sauvagerie. Sa légende nous a été racontée par une vieille femme, dont le récit, fait d'un ton mystérieux, a été gravement précédé et suivi d'un signe de la croix.

Après avoir suivi un chemin, hélas rectifié ! jeté sur le flanc d'une côte qui domine une vallée étroite, au fond de laquelle coule bruyamment un ruisseau tortueux, dans l'onde claire duquel frétillent de nombreuses petites truites et qui donne la vie à plusieurs usines, nous nous arrêtons quelques instants auprès d'une petite fontaine; puis, en riant et en tremblant, nous franchissons, sur un ais étroit, le cours d'eau, qui bouillonne dans un lit bien creux et noir, et nous arrivons dans un coin sauvage, où l'on respire un air d'une fraîcheur délicieuse et dont le silence n'est troublé que par le murmure de l'eau et du vent.

Là nous trouvons une croix, dans le bois pourri de laquelle sont implantées des épines et des épingles, qui tiennent suspendus de pauvres et grossiers *ex-voto.*

A cette vue, nous pensons tout d'abord à un grand malheur : un père de famille écrasé ou mort dans la neige ; une jeune fille trompée ou assassinée ; mais notre guide nous rassure en disant que cette croix a été élevée à la mémoire d'un homme, qui tomba dans le gouffre que nous venons de franchir, et où il mourut pour avoir bu de l'eau ; chose extraordinaire pour lui.

Cette historiette me fit pousser cette exclamation : *Beati pauperes spiritu !* et me rappela ces femmes qui, dans le cimetière de ma ville, vinrent chercher une pierre ou une feuille ou un brin d'herbe, sur la tombe d'un parricide, décapité de par la loi.

De ce point, nous grimpons, au milieu des ronces, des houx, des broussailles et des sapins; tantôt en nous accrochant à un rocher, à une branche ; tantôt avançant sur nos genoux et nos mains. Cependant, je me garde bien de m'asseoir sur un tronc d'arbre résineux, pour ne pas me voir privé d'une portion de ce vêtement, qu'un Anglais pur sang ne nomme jamais devant une milady ; accident qui me serait moins désagréable, attendu la chaleur suffocante, qu'à Madame Pigoux qui, pendant notre ascension, est toujours au dernier rang.

Enfin, après nous être reposés maintes fois, nous arrivons ravis, quoique couverts de sueur et n'en pouvant mais, à la crête nord d'un entonnoir, de la surface d'un de ces petits lacs, qu'on trouve près de La Ciotat et dans la magnifique vallée que sillonne, en compagnie du Rhône, le chemin de fer de Genève à Culoz à partir du fort l'Échelle. Au fond dort tranquillement une eau bourbeuse, verdâtre, donnant naissance à des touffes de joncs et de roseaux, et dans laquelle se promènent lentement des carpes à grosse tête et à petit corps, ainsi rendues hideuses par le supplice prolongé de la faim.

En face et sur les côtés s'élèvent, jusque dans les nues, des montagnes, couvertes de sapins jeunes et centenaires.

Tel est le lac Lamé, perché au milieu d'une

forêt sauvage, habitée, en hiver, par des sangliers et dont le silence, en été, n'est troublé que par le vent qui s'engouffre et se brise dans les sinuosités des côtes, dans les enfractuosités des rochers et les branches des arbres.

En voici la légende :

C'était l'après-midi d'un dimanche, pendant l'office divin, des jeunes gens entraînés par le démon, déguisé en ménétrier, dansaient gaîment sur un terrain gazonné et dépouillé d'arbres ; tout à coup le sol s'effondra avec un bruit terrible, qui retentit au loin, répété par des milliers d'échos et fut instantanément remplacé par une nappe d'eau qui engloutit, à tout jamais, les danseurs.

Chaque année, à pareille époque, des villageois se rendent en procession à une pauvre petite chapelle, bâtie sur le bords du lac, pour conjurer les diables, qui font entendre, à ceux qui appliquent l'oreille sur le sol, le bruit de l'instrument du ménétrier infernal.

Ce bruit existe réellement et toujours, mais à des degrés différents ; car il est le résultat de celui d'un cours d'eau souterrain, des petits ruisseaux qui descendent des montagnes voisines, et du bruissement des branches des arbres.

L'ascension au lac Lamé étant très-pénible et les villageois ne la faisant qu'au mois de juillet, après leur dîner, MM. les curés, en bons hygiénistes pour eux-mêmes, craignant de troubler leur digestion, se contentent d'accompagner leurs béates ouailles jusqu'à la croix.

Là, dans cette douce satisfaction que l'on éprouve, quand, après un bon petit repas, et dans une après-midi d'une riante journée d'été, on est mollement étendu sur un frais et épais gazon, dans un des sites les plus pittoresques, MM. les curés attendent, avec résignation, le retour des pèlerins.

Ainsi ils rappellent ces bergers, qui comme ceux du temps de Virgile, couchés à l'ombre, dans le fond vert de la vallée, attendent avec patience le retour de leurs chèvres suspendues au-dessus de l'abîme, et sautant, capricieusement, de rochers en rochers et de buissons en buissons, pour brouter quelques feuilles ou un peu d'herbe.

A ce lac était encore attachée une coutume bizarre, digne du moyen-âge et perdue seulement depuis quelques années.

La voici telle que je l'ai recueillie :

Les habitants d'Allarmont, ce village si pittoresquement disséminé sur les versants des deux montagnes qui forment la riante vallée, au fond de laquelle coule un ruisseau qui fait mouvoir plusieurs usines et qui sépare le département de la Meurthe de celui des Vosges ; ceux de Luvigny et de Vexaincourt ; ceux de Raon-sur-Plaine, dont le curé est un cicérone plus poli, à lui tout seul, que tous ceux de Gand et de Bruges, même pris ensemble et largement rétribués ; mais qui ne cesse de fourrer du tabac dans son nez et de parler de son église, dont le clocher a autant de grâces qu'en présenterait une tête chinoise coiffée d'un casque à mèche ; enfin, les habitants de Raon-lès-l'Eau, tout petit village, où Madame Pigoux prend un bain de jambes dans un cours d'eau, en brisant le vieux ais qui sert de pont ; ce qui nous procure le plaisir de la voir chausser le sabot de bois; tous ces villageois, dis-je, enterraient, auprès de la petite chapelle du lac, leurs enfants, morts non baptisés.

Suivant eux, chaque innocent habitant des lymbes était tiré de sa fosse par la Vierge, qui lui donnait le baptême, en le plongeant dans l'eau du lac et, ainsi, en faisait un ange, pour toujours bien heureux, dont elle replaçait la dépouille mortelle dans la terre.

CHAPITRE VIII.

LE LIEUTENANT DE BELTET.

Madame et Monsieur Pigoux, de retour de leurs excursions, se fixèrent à Lunéville, dans une jolie maison, sur le jardin de laquelle prenaient jour les fenêtres d'un appartement, loué à M. de Beltet.

Cet officier, âgé de 25 ans, était né à Rosières-aux-Salines, petite ville, qui n'offre rien de curieux à étudier que son haras.

M. de Beltet avait la démarche raide et guindée, des cheveux blonds et des yeux bleus, insignifiants d'habitude, mais parfois hautains et dédaigneux.

Quoique n'ayant qu'une très-modeste instruction et qu'un vernis d'éducation, il ne manquait pas d'aplomb, ni de médire et même de tant soit peu calomnier, le cas échéant.

Ce défaut, assez habilement caché derrière un masque de vertu et de bonhomie spirituelle, n'était point considéré comme une inclination à mal faire; mais comme une habitude de badinage; aussi a-t-il été méconnu de Madame Pigoux et n'a-t-il été saisi que par quelques individus calmes, ayant l'habitude d'étudier le cœur humain et de pénétrer dans les mystères de la conscience.

M. de Beltet remplissait aussi, comme l'aurait

dit l'auteur des *Misérables*, toutes les conditions voulues pour être ce qu'on appelle un joli officier : « il avait la taille de demoiselle, une façon de traîner le sabre victorieuse et la moustache en croc. »

Ces avantages, auxquels il joignit celui de posséder de la fortune, lui valurent, à Lunéville, où certains individus font grande fête à MM. les militaires, l'entrée de quelques maisons dans lesquelles on recevait. Parmi ces dernières, figurait celle de l'ex-quincaillier.

Il est utile d'ajouter que le lieutenant était le fils de l'ancien associé du mari de Joséphine et que son père devait, à Athanase Pigoux, non seulement la fortune, mais..... l'honneur.

Pigoux avait sauvé, avant de se l'adjoindre comme associé dans son commerce heureux,

M. de Beltet, père, son compatriote, ébranlé par des spéculations trop hasardées.

Le lieutenant fréquentait aussi la maison du narrateur de ce drame; mais à un titre spécial : M. de Beltet était le fils d'un de ses condisciples et vieux amis.

CHAPITRE IX.

MADAME ET MONSIEUR PIGOUX.

Athanase Pigoux, jeune marié, quoique vieux époux et maladif, était sorti de bon cœur de ses paisibles habitudes.

Dans le but de procurer du plaisir à sa jeune femme, il recevait, un jour chaque semaine, une nombreuse société; un autre jour, il admettait un petit comité d'intimes, dans lequel on me comptait, ainsi que le lieutenant.

Hélas! le bon et honnête Pigoux qui, chaque

jour, pendant plus d'un quart de siècle, tenait lui-même la clef de la caisse, renfermant sa fortune et dans laquelle il ne puisait que pour ses besoins, son commerce et pour secourir des amis; Pigoux, dis-je, ne comprit point qu'il exposait trop loyalement un trésor plus précieux que sa fortune..., son épouse.

Homme simplement de commerce, il n'avait point appris que la femme recherche instinctivement ou par fatalité les fortes émotions et qu'elle a l'audace, le moment opportun arrivé, de sacrifier tout, c'est-à-dire, fortune, repos, vie, famille et honneur, pour satifaire une passion.

Doué d'un cœur tendre et loyal et n'ayant point fréquenté le monde, il ne se méfiait point des hommes, parce qu'il ne savait les apprécier que d'après lui-même.

Ne connaissant point cette maxime de Gawin Douglas : l'épouse garde la maison et s'occupe à tourner le rouet, qui n'est que la traduction de cette ancienne épitaphe romaine : *Domum mansit, lanam fecit*, il mit en évidence son épouse, en lui procurant trop facilement son mai et sa joyeuse saison ; en un mot, il négligea de conserver religieusement pour lui Joséphine.

On comprend aussi que mademoiselle Viraut, au lieu d'avoir rencontré un mari non-seulement dévoué, mais aussi et principalement un sage mentor, n'avait trouvé qu'un compagnon inexpérimenté et beaucoup trop confiant.

Que de fois n'ai-je pas entendu la voix du lieutenant se marier avec celle de soprano pur, limpide comme le cristal, admirablement belle dans les notes hautes et toujours juste et sympathique de la sentimentale Joséphine!

Que de fois n'ai-je pas vu les bras de ces jeunes gens, entrelacés pour la valse et le galop, que rendait déjà si énivrants la musique de Schouloff!

Ah! que madame Viraut fut séduisante!

Quel fut le témoin qui n'apprécia point la simplicité, le bon goût, l'esprit et l'expression de cette jeune femme, par la fine coquetterie qui régnait dans sa toilette! coquetterie révélée, non par le brillant et la richesse de l'étoffe; mais par la manière adroite dont Joséphine faisait ressortir, sans ostentation, les avantages du teint, de la figure, des formes et de la grâce naturelle.

Quels sourire, regard et magie que ceux qui sont inspirés par la joie et surtout par l'amour, naissant chez une jeune femme, épouse d'un vieux mari et dans les veines de laquelle coule du sang d'Andalouse !

On devine aisément que le fils de Vénus, voyant ensemble Joséphine et M. de Beltet, bondit de plaisir et que le petit traître s'arma prestement d'une de ses meilleures flèches.

Au bout de quelque temps donc, Joséphine, qui avait un mari âgé et infirme, en oublia petit à petit les qualités et devint rêveuse.

Enfin, après une lutte, courageusement soutenue, parce qu'elle était inspirée par la reconnaissance et le sentiment du devoir, Madame Pigoux aima le lieutenant, en fille passionnée qui n'avait point encore aimé.

Le trait de Cupidon avait rencontré un cœur vierge et sa plaie devint mortelle.

Depuis deux années que la fille du commandant et l'ex-quincaillier étaient mariés, pas le moindre nuage, du moins connu de moi, leur médecin et leur ami, n'était venu obscurcir leur intérieur.

Seulement, depuis quelques semaines, Pigoux remarquait que son épouse avait perdu de sa douceur et de l'uniformité de son caractère, d'habitude calme et un peu taciturne, comme l'est celui qui s'est formé à l'école du malheur.

Joséphine lui paraissait rêveuse, inquiète, moins patiente et peut-être bizarre. Ainsi, il avait reconnu qu'après des accès de maussaderie et de tristesse, elle affichait une extrême gaieté et qu'elle recherchait avec passion le bruit, le monde et la toilette.

Telle était une confidence que Pigoux m'avait faite quelques jours auparavant.

CHAPITRE X.

UNE VISITE DE MÉDECIN.

Maintenant, je vais reprendre les faits où je les ai abandonnés, pour esquisser, à grands traits, les principaux acteurs de mon drame et faire connaître les liens qui les unissaient entre eux trois et avec moi.

Un soir du mois de novembre de l'année 18.., par une pluie effroyable et au vif désappointement de mon estomac, aiguillonné par la faim et alléché par l'odeur d'un poulet doré, je me rends, quoique très-fatigué, chez mon client, M. Pigoux.

Je trouve l'ex-quincaillier qui, lourdement appuyé sur une canne, se promène dans son salon, avec cette démarche, lente, saccadée et vacillante, indice d'une fatale maladie, que la science moderne appelle paralysie générale progressive.

Son air me paraît inquiet et sombre, malgré le sourire, avec lequel il s'efforce de le masquer et de m'accueillir comme d'habitude ou amicalement.

Son épouse, assise près du foyer, répond à mon salut, avec son empressement habituel, sa gracieuseté amicale et me conduit par la main, à un fauteuil, placé en face du sien ou à droite de la cheminée, sur laquelle se trouvent deux des plus charmants groupes (le Bélisaire et l'Échope du Savetier, de notre concitoyen, l'inimitable

Cyflé ; une pendule, surmontée d'un bronze, signé Fratin et deux lampes, dont la lumière est tempérée par des globes en cristal dépoli.

La plupart de ces détails sont utiles pour faire comprendre que Madame Pigoux, dans sa prévoyance, m'avait placé de telle sorte qu'elle pût, sans crainte de dévoiler ses préoccupations et surtout d'éveiller l'attention de son mari, m'examiner à son aise ou lire, sur mon visage, mes moindres impressions.

Son but fut-il atteint aussi complètement qu'elle en eût le désir?

Allah! dirait le mahométan.

Dieu seul est grand! répondrait le catholique, avec Massillon.

Quant à moi, je ne puis que dire : Patienza!

Pardon, mille fois, cher docteur, me dit

l'ex-négociant, de vous déranger à pareille heure et par un temps aussi affreux.

Si je suis exigeant, c'est que je sais pouvoir compter sur vous.

Bien que je connaisse la prononciation particulière de mon client, que la paralysie rend lente et embarrassée, cependant je crois m'apercevoir que l'ex-quincaillier hésite en parlant ou balbutie beaucoup plus que les jours précédents. De plus, son sourire, non en rapport avec le sentiment de tristesse que je saisis dans son regard, et le tremblement de la main de Joséphine, que j'ai reconnu lorsqu'elle a pris la mienne, pour me conduire à un fauteuil, me font soupçonner une petite querelle d'intérieur du genre de celles qui s'élèvent, pour une cause futile et qui se dissipent, comme un léger brouillard, devant les rayons du soleil d'une belle journée de printemps.

Dans le jeune ménage, soleil, qui ne le sait ! veut dire baiser ; pour les époux d'un âge mûr, il signifie un affectueux serrement de main.

Combien j'étais loin, alors, de penser que, comme médecin, j'allais découvrir un secret douloureux et assister à la première phase d'un drame terrible, dans lequel il me faudrait accepter un rôle !

Dans ce moment, quoique légèrement embarrassé, je lève les yeux et examine Madame Pigoux.

Mollement étendue dans son fauteuil, elle est placée, comme je l'ai dit, en face de moi.

Ses pieds mignons, à découverts et gentillement croisés, reposent sur un coussin de velours.

Son front sérieux et intelligent, qui se voûte légèrement en haut, est encadré dans des bandeaux de cheveux, dont le noir chatoyant égale, sinon surpasse celui du jais ; de jolies boucles font ressortir l'ovale fin et délicat de son visage.

Son regard, inquiet et caressant, plonge dans mes yeux et me trouble.

Un tissu transparent, une pointe de dentelle noire, dont elle fit l'acquisition, devant moi, dans un magasin de la place du Petit-Sablon, à Bruxelles, dissimule agréablement la blancheur et les reflets inimitables de ses épaules, dont un peintre envierait les gracieux contours, et dessine les formes de sa poitrine, dont l'à peu près a encore plus de charmes que la réalité.

Son corps, nonchalamment enveloppé dans un peignoir de cachemire, qui, après avoir dessiné la taille, descend, en plis onduleux, jusqu'auprès des pieds, me semble animé d'un frémissement nerveux.

Mon cher docteur, me dit Athanase Pigoux, ce n'est pas pour moi que je vous ai fait prier de venir, par un temps aussi détestable ; car je suis toujours le même ou plutôt et je le sens trop..., chaque jour..., je décline... ; oui, chaque jour, et j'en ai l'intime conviction, je m'en vais doucement, en dépit de votre amitié et de vos soins intelligents... ; mais c'est pour Joséphine.

Elle a une souffrance qu'elle cherche à cacher et que témoignent, cependant, l'altération de ses traits et un léger changement dans le caractère.

En un mot, docteur, je crois à une maladie. Détruisez-là dès son principe.

N'est-ce pas un de vos axiomes, qui remonte, m'avez-vous dit, à un Dieu, à Hippocrate, qui vivait 460 ans avant l'ère de la chrétienté ! Mettez-le donc en pratique et immédiatement.

Joséphine se riant de la crainte de son mari et soutenant, d'abord avec une grande gaieté, puis avec une tenacité que je ne lui connaissais point, qu'elle n'a jamais joui d'une meilleure santé, un silence embarrassant régna quelques instants, entre les trois interlocuteurs.

Pour mettre fin à cette position, je donnai de longs détails sur un fort joli tableau, tiré de cette fable d'Ésope : *γέρων καὶ θάνατος* (le Vieillard et la Mort), qu'un jeune peintre de Lunéville, M. Marquis, point assez connu, venait de m'offrir, comme témoignage de sa vive reconnaissance, pour les soins heureux que j'avais donnés à sa digne mère.

Ce début nous conduisit à parler de la Descente de croix de Rubens, que, l'automne précédent, nous admirâmes ensemble (moyennant un franc par personne), dans la cathédrale d'Anvers ; puis des Ruysdael, des Van-Ostade, des Téniers, des Potter, du fameux tableau de la Leçon d'anatomie et de celui de la Ronde de nuit de Rembrandt, devant lesquels nous restâmes en extase si longtemps, dans le musée de Lahaye, qui renferme tant de chefs-d'œuvre ; puis du cachet particulier de ces villes de Rotterdam et d'Amsterdam, que tous les touristes devraient visiter ; de notre excursion à Zaardam, ennuyeux village par son excessive propreté ; de la ville de Cologne, à chaque angle de rue de laquelle on trouve un Jean-Maria Farina ; de la vallée ravissante, mais trop enfumée, qui conduit à Aachen (prononcez Aix-la-Chapelle), dont la cathédrale, si effrontément mesquine eu égard au grand nom de Charlemagne, renferme des reliques qu'un vicaire ne laisse voir qu'après avoir empoché un thaler; puis de notre séjour à Spa, cette ville enchanteresse ; enfin de nos courses vagabondes en Suisse, desquelles nous nous reposâmes, dans cette localité, qu'on ne saurait oublier quand on l'a vue, et à laquelle on pense toujours avec un nouveau plaisir.

Interlacken ! rendez-vous, comme la magnifique jetée d'Ostende, des touristes de tous les pays.

Quelle charmante petite ville ! quel délicieux séjour ! quel paradis, en été !

A son est, le lac bleu miroité de Briens, dans lequel se perdent les eaux mousseuses, blanches et bruyantes du Giesbach, après leurs sept chutes ;

à l'ouest, les ondes noires et si souvent agitées, du lac de Thun, dont les rives, émaillées de châlets, se terminent en festons couverts d'un léger brouillard ; derrière elle, coule bruyamment l'Aar, qui réunit les deux lacs.

Le nord de son avenue ombragée représente la civilisation ou les cafés, les pensions, les hôtels, les magasins, les élégants châlets, les coquettes constructions, dans lesquels, pour le désagrément des autres touristes, on rencontre des Anglais.

Le midi est un horizon assez court, borné par les glaciers du Grimdelwald et de la Jungfraud, qui, éclairés par les rayons du soleil, nous ont rappelé, en petit, au moment où nous les examinions d'une des fenêtres de l'hôtel Victoria, la vue sublime, sans pareille, du Mont-Blanc, dont nous avions jouie depuis la terrasse du château de Ferney, dans lequel le portrait de la marquise du Châtelet et celui du Ramoneur se trouvent en face d'un tombeau, qui porte cette inscription : *Mon cœur est ici, mon esprit est partout.*

Au milieu de cette causerie, qui nous fit souvenir de si belles choses et de si heureux jours, et pendant laquelle M. Pigoux ne cessa de faire du bruit, en jouant avec son king-charles, bien certainement dans l'intention de persuader (comme les événements, qui ne tardèrent point à se succéder, me le dévoilèrent), à Joséphine et à moi, qu'il ne prêtait aucune attention à nos paroles; au milieu de cette conversation, je profitai de plusieurs incidents pour poser adroitement, à Madame Pigoux, quelques questions médicales.

A la suite des deux dernières, j'éprouvai un malaise indéfinissable qui, subitement, m'anéantit et me rendit muet, en même temps que je ressentais de violents battements de cœur qui me lançaient à la tête des bouffées de sang et de chaleur.

A la vue de cette émotion, extraordinaire chez un vieux praticien, qui a enduré et vu tant de malheurs, et que je ne pouvais dissimuler qu'en partie, malgré mon ardent désir de paraître impassible, Madame Pigoux, qui me surveillait attentivement, éprouva un tressaillement, semblable à celui que cause une secousse électrique. Elle s'inclina en silence, puis, au bout de quelques instants, qui me parurent bien longs, elle souleva lentement sa tête, en me montrant sa figure, d'une pâleur mate et d'un calme effrayant, sur laquelle perlaient des gouttes de sueur. En même temps ses yeux, à demi-voilés, me lancèrent un regard..., un regard, à jamais gravé dans ma mémoire, dans lequel je devinai ces mots : Grâce!... pitié!...

Effrayé de ma position, car je redoutais de trahir davantage un secret que je venais de découvrir, qui ne m'appartenait point et que je ne croyais pas soupçonné par l'ex-quincaillier, je quittai brusquement mes amis, prétextant ma fatigue et un malade en danger.

Ainsi, moi le médecin, l'ami et le confident du bon et loyal Pigoux, je venais de reconnaître que sa Joséphine, qui lui devait tant, avait forfait à l'honneur, trahi ses devoirs d'épouse ou qu'elle serait mère d'un enfant, qui n'était point et ne pouvait être de son mari paralytique !

CHAPITRE XI.

LA CONFIDENCE AU MÉDECIN.

Le surlendemain de cette scène, en faisant ma visite, à madame Pigoux, à l'heure qu'elle m'avait donnée, en me la désignant du doigt sur le cadran de sa pendule, je la rencontre seule : son mari étant absent pour quelques heures.

Ainsi, l'ex-quincaillier, qui jamais ne sortait sans avoir le bras de sa Joséphine, était seul à Nancy, appelé par une affaire grave et imprévue, avait-il dit.

La suite des événements dévoilera le but réel de ce voyage.

A peine suis-je entré dans le boudoir de Madame Pigoux, si énivrant par le parfum de richesse, de bon goût et d'adroite coquetterie qui y règne, que je vois cette jeune femme, en larmes, embrassant mes genoux et me suppliant avec un regard, des gestes, un timbre de voix et des paroles que jamais je n'oublierai, de lui pardonner et de ne point la trahir.

Ah! je crois encore l'entendre :

Docteur! docteur! j'ai lu dans vos yeux.

Ne le niez pas!... j'ai vu!... vous me savez coupable!

Eh bien! je le confesse..., oui..., je suis une misérable!

Mais jurez..., jurez..., en souvenir de mon

père et pour le repos de mon mari, que ce secret ne sera point révélé.

Promettez-moi vos conseils et votre appui.

Docteur ! comprenez-moi bien..., j'ai besoin de votre dévouement.

Mon aveu est le commencement de la punition que je mérite.

Oh ! mon Dieu ! si vous saviez, docteur, ce que j'ai déjà souffert, ce que j'endure, quelle est la sincérité de mon repentir !

Si vous saviez combien j'ai lutté avant ma chute ! non, non, vous ne pourriez me mépriser comme une criminelle ordinaire ; non, vous ne refuseriez point de me tendre une Main amicale !

Je suis bien coupable, je le sens, hélas ! Mais ce que j'ai souffert, depuis mon premier pas dans le crime, est si tellement horrible, que j'espère que Dieu me pardonnera.

Seriez-vous donc moins miséricordieux que lui !

Docteur, je vous en supplie, croyez à la sincérité et à la profondeur de mon repentir..., ayez pitié de moi..., de cette orpheline qui, depuis sa naissance, n'a connu que le malheur !

Vous savez mon enfance, ma jeunesse, ma vie, mes souffrances, mon cœur et mes violentes passions !

Je me suis mariée, et vous ne l'ignorez point, ni pour du pain, ce qui serait honteux, ni pour des bijoux, ce qui serait plus méprisable ; mais parce que, seule, toute seule, il me fallait, dans ma conscience, et d'après l'avis du colonel, un appui, un protecteur.

Plus que tout autre, vous, mon médecin, mon ami, vous pouvez donc me pardonner.

Eh bien ! si, malgré tout, vous persistez à me croire indigne de votre compassion et de votre dévouement, au moins, pensez à mon mari !

Faites que cet homme, si bon et si honorable, qui ne m'a épousée que pour loyalement utiliser sa fortune, n'aît aucun soupçon ! Vous le connaissez, docteur, le moindre doute qu'il aurait sur mon honneur le tuerait.

Pour lui, donc, pitié ! Pitié pour lui seul.

Appréciant ces lugubres vérités et, par conscience, ne pouvant refuser protection à une jeune femme, poursuivie, dès le berceau, par la fatalité : devenue criminelle presque involontairement et, aujourd'hui, repentante du fond du cœur ; et désireux de prévenir de nouveaux malheurs, je lui promets tout ce qu'elle implore, mais à une condition.

Imposez-la, me répond-elle..., j'accède à tout, oui..., à tout..., franchement et à l'instant même; non, pour moi..., je vous le dis en vérité, mais pour M. Pigoux.

Voici, lui dis-je alors, quelle est ma volonté:

Immédiatement, immédiatement, vous me comprenez, il faut renoncer à cet homme, qui vous a fait trahir votre devoir d'épouse; à cet homme, que je hais et méprise, quoique je ne le connaisse point, et que, par ce motif, je ne désire point connaître.

Honte sur celui qui a voulu ou froidemement calculé le malheur d'Athanase!

Honte, cent fois, sur celui qui est la cause volontaire de cette écrasante humiliation, sous le poids de laquelle je vois, courbée, à mes pieds, la fille du commandant Viraut, l'épouse du bon et loyal Pigoux!

Docteur! me dit-elle alors, d'une voix basse et entrecoupée par des sanglots, j'accepte cet arrêt... et vous supplie d'aller le porter là..., là..., en même temps que, d'une main tremblante, elle me désigne les fenêtres de l'appartement du lieutenant de Beltet.

CHAPITRE XII.

POSSIDEAMUS IN PATIENTIA ANIMAS NOSTRAS, DONEC TRANSEANT INIQUITATES.

Profondément ému et affligé de la révélation que Madame Pigoux vient de me faire, effrayé du rôle qui m'est confié et qu'il m'a fallu accepter, par devoir, je fuis cette maison.

Contraint par ma conscience, je vais donc chercher à tromper ce brave Pigoux, cet honnête et dévoué mari : je dois lui faire croire au bonheur de la paternité !

Moi, médecin, qui lui donne des soins pour

une paralysie générale progressive ; moi, son ami, je dois, pour lui sauver le repos, pendant le peu de mois qu'il a encore à vivre, lui voiler la trahison de son épouse, de sa bien-aimée, à laquelle il a donné, librement et de si bon cœur, une fortune, fruit de quarante années de travail et de privations, et servir d'intermédiaire, oh ! désespoir ! entre cette jeune femme, cruellement surprise, et son séducteur..., ce monsieur de Bellet ! ce traître, fils de mon plus ancien et meilleur ami ou de cet associé qui doit fortune et honneur à Pigoux !

Ah ! souvent, combien est sublime la conduite et triste la position du praticien, qui a le droit de dire avec Ramus : « *Mon âme ne s'est jamais avilie, ni dégradée*, » et qui, toujours, a conservé intacte la dignité de sa noble profession !

Que de fois, cependant, hélas! n'a-t-il pas l'occasion de se rappeler ces paroles d'un sénateur romain à l'empereur Auguste : « *Facis ut vivam et facias ut moriar ingratus*, » et ce vers de Martial :

Omnis humanos habet officiosus amicos,

que le bon La Fontaine a ainsi traduits :

Et le péril passé, l'on ne se souvient guère
De ce que l'on a promis aux cieux.

Que de grands services le médecin ne rend-il pas, parfois en secret, et, trop fréquemment, hélas! à son préjudice!

.... Quœque ipse miserrima vidi,
Et quorum pars magna fui!

Je connais un praticien qui a perdu la clientèle d'une manufacture, après avoir découvert et signalé au public médical, malgré de pressantes sollicitations, mais usant de son droit et remplissant un devoir (suivant l'avis de l'Académie impériale de médecine de Paris et de plusieurs autres Sociétés savantes), car il s'agissait de l'intérêt de l'humanité; pour avoir signalé, dis-je, les maladies spéciales à cet établissement et les moyens hygiéniques et thérapeutiques qu'il fallait, en toute conscience, leur opposer!

Que de gens, qui éclaboussent des médecins, auxquels ceux-ci pourraient arracher le manteau de la philantropie, de la religion, de la science ou tout autre, qui cache des passions triviales ou un cœur gangrené ou des actes froidement calculés, soit de vénalité ou de corruption, soit d'une injuste et déloyale complaisance, soit d'inhumanité!

Encore si l'honorabilité, le mépris du honteux prurit d'une ambition illégitime d'argent ou d'honneurs, le zèle pour la science, les travaux qui ont obtenu des succès dans les concours et la presse scientifique, les découvertes utiles et les titres honorifiques, légitimement acquis, étaient toujours récompensés!

Si nous n'ignorons point cette sentence: *Nemo nostrùm non peccat, homines sumus non Dii;* nous connaissons aussi, comme tout le monde, qu'il existe une loi physique, en vertu de laquelle le plateau vide de la balance monte et le chargé descend.

Dans quelques localités, rares heureusement, les médecins qui ne veulent point d'accointances avec ce qu'on appelle le grand monde et avec les autorités; ceux qui dédaignent de s'agenouiller devant les coteries de Mirmidons, dont la faveur met en relief n'importe qui; ceux qui ne mendient point; ceux qui méprisent l'intrigue, quels que soient leur honorabilité et leur mérite, reconnus par les preuves qu'ils en ont données, sont mis de côté dans les distributions des emplois et honneurs !

Dans ce bas monde, il y a eu, il y a et il y aura toujours des individus ne recherchant et n'aimant que ce qui est juste et honorable ; tandis que d'autres veulent prendre pour guide le favoritisme éhonté.

Chose triste ! c'est que l'on ne peut rien sur ces derniers, ainsi que le prouve le sens allégorique de ces paroles de Plaute : *Stultitia est venatum ducere invitos canes.*

N'est-ce pas le droit des Sociétés savantes (qui, naturellement, ont égard à la science) et n'est-ce pas le devoir de l'Association médicale (sur la bannière de laquelle sont inscrits ces mots : *Moralisation*, *Protection efficace*) de flageller, publiquement, les individus qui auraient osé, dans les élections médicales, si importantes devant l'humanité, rejeter ce proverbe de Salomon : « *Leurs seules actions les peuvent louer* » et cette maxime des professeurs Moreau et Gosselin : « *En toute circonstance, le médecin doit s'imposer par son travail et son savoir ;* » qui auraient osé violer les réglements et travestir le sens de ces sublimes paroles : « *Les premiers seront les derniers et les derniers les premiers !* »

Dans nos petites cités de province, la nomination des médecins d'hôpital est livrée à l'arbitraire des commissions administratives. Ces commissions se composent d'honnêtes bourgeois qui peuvent être très-familiers avec Cujas et Barthole, fort entendus dans leur petit commerce, mais qui sont parfaitement incompétents pour choisir un médecin d'hôpital... Comme toutes les petites aristocraties provinciales, ces commissions aiment la médiocreté ; le mérite leur fait ombrage, et elles ne se font pas faute de lui témoigner le tendre attachement de Sextus pour les premiers citoyens de Gabies. Sous le régime tutélaire des concours, on n'aurait pas à constater les abus dont nous sommes parfois témoins et victimes ; on ne verrait pas de misérables rancunes personnelles et de mesquines raisons de parenté intervenir dans un choix que des considérations supérieures devraient dicter partout et toujours.

Ce dernier alinéa, que nous empruntons à la page 242 de la *Gazette des hôpitaux*, année 1863, fera plaisir, nous n'en doutons point, à tous nos lecteurs loyaux et laborieux.

Quant à nous, si jadis nous conformant à cette sentence de Samuel : « J'honorerai ceux qui m'honorent, je confondrai mes contempteurs » ; aujourd'hui, nous rappelant ces paroles de saint Paul : « *Gloria nostra est testimonium conscientiœ nostrœ* », nous reconnaissons que tout est et sera pour le mieux : aussi nous abstiendrons-nous, le cas échéant, de clouer au pilori des gens haut ou bas placés et qui se disent religieux, quoi qu'ayant des passions triviales et nuisibles à autrui ; nous nous abstiendrons encore de nous servir du fouet vengeur des Alecton, des Mégère et des Thisiphone et, même, de tremper notre plume dans le fiel.

Notre seul désir est de dévoiler, dans ce premier roman, quelques épisodes, tristes et honorables, de la vie médicale. Tel est le motif qui nous a fait choisir un médecin pour être un des principaux acteurs de notre drame, auquel nous revenons.

CHAPITRE XIII.

CONSULTATION SUR UN BANC DE L'ALLÉE DES SOUPIRS.

Quelques mois après la confidence de Madame Pigoux, je reçois cette lettre :

« Cher Docteur,

» Il faut absolument que je vous parle.

» Ce soir donc, à huit heures, je passerai, accompagnée de ma femme de chambre, sur la discrétion de laquelle, vous le savez, j'ai le droit de compter, dans l'allée des Soupirs du bosquet.

» Soyez assez complaisant pour m'attendre, non loin du banc qui domine le canal.

» Votre bien reconnaissante,

» J. V. »

20 mai.

Le château de Lunéville, digne pendant de celui de Versailles, a été bâti, sous la direction de Boffrand, par le duc Léopold, sur l'emplacement de l'ancien, détruit en 1638, par l'armée française, commandée par le duc de Longueville.

Le compagnon d'armes de Charles XII le reçut, du roi de France, pour résidence.

Stanislas Leckzinski attira à Lunéville un roi, des princes, des grands seigneurs et de nombreux savants.

Parmi ces derniers, on a vu la marquise du Châtelet, le chevalier de Boufflers, de Greffigny, l'auteur des Lettres d'une Péruvienne, le traducteur du Roland furieux, le comte de Tressan, Saint-Lambert, Montesquieu et Voltaire, lui-même, qui y composa plusieurs de ses tragédies.

Par les soins du beau-père de Louis XV, les bosquets du château de Lunéville s'embellirent de statues, dont plusieurs subsistent; d'un rocher admirable, dont nous avons retrouvé les principales pièces, dans le magnifique parc de Schwetzingen, appartenant au duc de Bade.

Ce fut dans ce château que, le 9 février en 1801, après les immortelles victoires de Marengo et de Hohenlinden, gagnées : l'une, par Moreau; l'autre, par le général Bonaparte, le rusé et patient plénipotentiaire de l'Autriche vaincue, M. de Cobentzel, se rendit enfin et signa, avec Joseph Bonaparte, le fameux traité de paix de

Lunéville, qui termina, à la gloire de la France, la guerre de la deuxième coalition.

Depuis lors, ce château, en partie détruit par le feu, resta désert jusqu'à l'arrivée du prince de Hohenlohe Bartenstein.

Louis XVIII accorda cette résidence au courageux champion de l'ancien régime, à ce général, si malheureux à la guerre contre la France, surtout, après Iéna, à Auerstead, devant l'illustre Davoust.

Huit heures du soir viennent de sonner à l'horloge, dont le cadran ovale orne les deux faces du magnifique donjon de cette demeure princière ; le ciel, sans nuage aucun, offre sa voûte immense émaillée d'innombrables feux scintillants, parmi lesquels brillent, de leur plus vif éclat, l'étoile polaire, le chariot, etc. L'air, calme et embaumé par les fleurs, est rafraîchi et délicieusement revivifié par la verdure des arbres et des pelouses; les marronniers centenaires sont couverts de pyramides argentées, d'où s'échappe un parfum divin et sur lesquelles butinent, en bourdonnant, des myriades de mouches. L'on entend le murmure des eaux de la Vezouse et, dans le lointain, le bruit régulièrement monotone du moulin, auquel se mêle celui, plus sourd, que fait l'onde, en se précipitant du haut de la vanne.

Au milieu du gazouillement des oiseaux, on admire celui de la petite fauvette à tête noire et, pardessus celui-ci, les accords variés, mélodieux et inimitables de Philomèle, ce roi du chant, fêtant ses amours et charmant sa compagne, occupée de ses soins maternels.

C'est, par une de ces soirées du printemps, que l'on désire tant et qu'on regrette plus encore ; alors que huit heures du soir viennent de sonner ; qu'un beau coucher du soleil laisse en face de moi, un reflet de pourpre, qui dore l'horizon ; que les derniers frémissements du vent m'apportent les parfums qui, le soir, s'exhalent des fleurs ; que la cloche de l'angélus vient provoquer, à la dernière prière, le pauvre et le riche ; alors que tout porte à la rêverie mélancolique et que je réfléchis, naturellement, à la position si malheureuse de mes amis ; c'est alors, dis-je, que Madame Pigoux, accompagnée de sa femme de chambre, vient me surpendre sur le banc, qu'elle m'a désigné.

Oh ! mon Dieu ! me dit-elle, d'une voix effrayante, tandis que, d'une main convulsive, elle essuie les larmes, qui inondent sa figure et que, de l'autre, elle cherche à comprimer son cœur, dont les battements, violents et tumultueux, rendent sa respiration entrecoupée : c'en est fait !.. je suis perdue !

Docteur ! je vous en conjure..., venez encore à mon secours ! Ah ! quelle effroyable position ! Quel supplice !

Ce matin, en voulant détruire la seule preuve de mon crime, aux yeux du monde et, peut-être, de mon mari ; je veux dire mes lettres, que vous avez arrachées au lieutenant et que vous m'avez noblement rapportées hier, je trouve vide le casier qui les renfermait.

Quelques instants auparavant, par un hasard, bien fatal pour moi, appelée précipitamment par une personne étrangère, qui m'a retenue pour une cause futile, j'ai laissé ouvert mon secrétaire.

Que pensez-vous de cette disparition ?

Que faire ? Oh ! docteur, quelle horrible inquiétude !

Sur les cendres de mon père, je vous l'affirme : si ma vie n'appartenait qu'à moi seule, je ne serais point ici...; mais..., là..., là..., oui, là, ajoute-t-elle, à voix basse et lugubre, en me montrant la rivière.

Pour mon châtiment, je dois et veux vivre et je vis.

Cependant, mon mari ne peut être pour rien dans cet enlèvement de ma correspondance ; car il est calme et, suivant son habitude, bon et très-prévenant ; cette après-midi, même, il m'a fait un joli cadeau, que j'ai reçu avec joie, malgré les tortures dont me punit ma conscience.

Rassurée par les quelques explications, que je cherche à lui donner de cet événement mystérieux qui m'inquiète beaucoup, et s'accrochant avec espoir, comme celui qui se noie le fait à de frêles roseaux, à la branche de salut que je lui indique, faute de meilleure, et que je ferai connaître plus loin, elle me quitte en me remerciant et en implorant, de nouveau, mes conseils et mon secours, pour le cas échéant.

CHAPITRE XIV.

CATASTROPHES.

Quelques jours après cette rencontre au bosquet, je trouve Madame Pigoux auprès de son mari.

Docteur, me dit-elle, Athanase a perdu l'appétit, son corps est brûlant, son sommeil est troublé par des rêves effrayants, dans lesquels je distingue ces mots :... poignard..., poison.

Docteur, répond le patient, avec calme et douceur, ne l'écoutez pas ; c'est une enfant, qui a perdu la tête.

Mais, mon ami, s'écrie Joséphine, j'ai des yeux.

C'est vrai, dit lentement, avec une extrême hésitation et un hochement de tête, M. Pigoux, tu as des yeux et même de trop beaux !

A cette réponse, dite d'un ton bas et un peu sinistre, je sens un frisson de frayeur saisir tout mon corps, et mon cœur bondir tumultueusement. Je m'attends à un événement terrible, auquel je me prépare, en appelant tout mon sang-froid et mon dévouement de médecin et d'ami.

Madame Pigoux, qui partage ma crainte, devient d'une paleur effrayante, se courbe, chancelle et se laisse tomber sur un fauteuil, tout en s'appuyant d'une main, sur le dossier du lit de son époux, en même temps que, de l'autre main, elle étreint mon bras, auquel elle se cramponne convulsivement.

Un morne silence, semblable au calme lourd et terrible, que l'on ressent au fond d'une vallée, alors qu'une tempête, annoncée par des nuages gris, plane au-dessus de la crête des montagnes voisines, règne quelques instants.

Mais notre crainte est de courte durée, c'est le bon Pigoux, lui-même, qui vient à notre secours par les questions, insignifiantes dans un pareil moment, qu'il m'adresse, avec bonhomie.

Rassurée par le calme de son mari et le cours de la conversation, Madame Pigoux se ranime, me lance un regard surpris, se lève insensiblement et s'esquive, en balbutiant un prétexte et heureuse que Georges, le valet de chambre, par un hasard, qu'elle croit providentiel, vienne la prier de sortir pour quelques instants.

A peine Joséphine a-t-elle fermée, derrière elle, la porte, que son mari m'indique, par un geste suppliant, d'en tourner la clef.

Alors, il n'y a plus de doute pour moi : cette sortie de Joséphine a lieu par la volonté d'Athanase et je vais encore ou recevoir une triste confidence ou être témoin d'une scène émouvante.

Pigoux, voyant exaucée la prière qu'il vient de m'adresser, prend, sous son oreiller, de nombreuses lettres et, d'une main tremblante, me les confie, en me disant :

Docteur, je vous connais et vous apprécie beaucoup plus que vous le pensez. Je vous tiens pour un ami dévoué et un homme d'honneur.

Eh bien ! sur cette amitié, sur cet honneur,

je vous en supplie, jurez-moi de me rendre un immense service ou de faire, ce que je ne peux, cloué que je suis sur ce lit : anéantissez vous-même, vous-même, vous me comprenez, toutes ces lettres, dont vous avez peut-être connaissance, aussitôt que vous serez rentré dans votre cabinet, c'est-à-dire, en me quittant.

Comprenant ma réponse, par un signe d'assentiment que je fais, car les paroles n'avaient pu sortir de ma bouche, il prend mes mains dans les siennes, les serre amicalement, puis me dit adieu, d'un ton, d'un regard et avec des gestes, à jamais gravés dans ma mémoire et dans mon cœur.

Les expressions me manquent pour rendre compte de l'émotion que j'éprouvai et surtout de l'admiration que je ressentis pour le noble caractère de ce vieillard, que bientôt je devais encore apprécier plus exactement.

Évidemment ces lettres étaient celles que j'avais exigées impérieusement de M. de Beltet. C'était la correspondance de Joséphine, qui lui avait été soustraite, dans son secrétaire, et que cette jeune femme croyait enlevée par un agent de son séducteur, depuis que je le lui avais dit, sur le banc du Bosquet.

Le lendemain de cette scène, à laquelle je ne pourrais croire, si je n'en avais été un des acteurs, on trouva l'ex-quincaillier mort, dans son lit.

Quelques instants plus tard, pendant que j'étais auprès de Madame Pigoux, bouleversée par cette catastrophe imprévue et qui allait nécessairement avoir une grande influence sur sa position ; me gardant bien de lui laisser entrevoir le dernier service que j'avais rendu à son mari, Georges, son valet de chambre, entra, tenant à la main une lettre froissée, qu'il remit à sa maîtresse, lui disant :

« Madame, j'ai trouvé ce papier dans le lit de mon pauvre maître. »

A la vue de cette lettre, qu'elle prend machinalement, Joséphine fait d'abord un mouvement, qui témoigne de la surprise et de l'hésitation ; puis, subitement bouleversée, pousse un cri, un cri si effroyable, que jamais semblable n'a frappé mes oreilles, quoique, comme praticien, j'eusse déjà été témoin, nombre de fois, de bien grands malheurs ; cri, que je crois toujours entendre, lorsque, jetant un regard vers le passé et songeant aux personnes mortes, que j'ai aimées, je vois Madame et Monsieur Pigoux.

Ses yeux, d'abord indécis, puis fixes, devinrent hagards ; ses traits se contractèrent et rendirent subitement horrible sa charmante figure ; ses bras se tordirent, dans des convulsions affreuses ; puis elle s'affaissa sur elle-même et tomba anéantie sur le parquet, comme la victime qui fléchit sous la massue du boucher.

Telles furent l'agonie et la mort d'une haute intelligence !

On le devine : Madame Pigoux venait de reconnaître une de ses lettres à M. de Beltet, disparues mystérieusement depuis quelques jours, et avait compris, à cette vue, aussi promptement que l'éclair sillonne la nue, que son mari, très-probablement auteur de la soustraction de sa correspondance, n'avait point ignoré son crime; que sa générosité avait été sublime, puisqu'il n'avait rien témoigné, ni proféré aucune plainte et qu'il était mort, emportant, dans la tombe, le secret de son malheur et celui du déshonneur de son épouse.

Depuis ce moment, Madame Pigoux expie son crime.

Ébranlée par le chagrin, courbée sous le poids d'un repentir profond, sincère et des terribles émotions qu'elle a subies, elle n'a point résisté à cette dernière et horrible secousse : elle a perdu complètement la raison et est devenue pensionnaire de la maison d'aliénés de Stéphansfeld.

Chaque mois, je vais la voir, comme son tuteur et son unique ami et, chaque mois, mon espérance est déçue, car j'emporte de Stéphansfeld la douleur de sentir cette jeune femme à jamais perdue, pour le monde intellectuel : elle, autrefois si douce, si bonne, si parfaitement belle et si enviée, d'une haute intelligence et d'un jugement droit ; mais dont les trop vives passions n'avaient point été tempérées et réglées par les soins d'une mère et par un mariage assorti.

Malheurs bien grands, qui lui firent commettre, presque involontairement, un crime, toujours inexcusable, toujours punissable ; mais qu'elle expie, ici bas, cruellement....., peut-être trop cruellement !

Belle encore, propre, inoffensive, sombre ou s'animant d'un sourire mélancolique qui déchire le cœur, elle erre toujours seule, dans les cours et les jardins de l'établissement, ayant ses beaux cheveux flottants sur ses épaules et la tête baissée.

Elle ne quitte jamais la croix du commandant et le médaillon renfermant le portrait de sa mère, qui lui furent confiés, on se le rappelle, par son père, quelques heures avant sa mort. Elle les porte, suspendus à son cou, par une mèche de ses cheveux, qui lui sert de collier.

On ne connaît Madame Pigoux, dans l'établissement de Stéphansfeld, que sous le nom de LA FOLLE DÉCORÉE.

CHAPITRE XV.

RÉVÉLATIONS.

Cette double catastrophe émut beaucoup la ville et les environs, et, comme chaque événement, heureux ou horrible, a fatalement sa raison d'être, tout un chacun s'ingénia pour en trouver une à ces malheurs.

On s'arrêta de préférence à la suivante :

Pigoux, usé, vieux et paralytique, est mort d'une attaque d'apoplexie cérébrale, foudroyante, qui l'a surpris dans son sommeil.

Son épouse, très-impressionnable, surtout depuis sa grossesse, est devenue folle, en apprenant, trop brusquement, la mort subite de son mari, de son bienfaiteur.

Eh bien ! je le déclare : tout est erreur dans cette double explication, que j'ai donnée et répandue volontairement.

Aujourd'hui, sans blesser, ni même porter la plus légère atteinte au secret médical, garanti par la conscience du praticien, et, d'abord, par l'article 378 du Code pénal, je puis dire la vérité.

La voici, dans toute sa nudité effroyable :

L'infortuné Pigoux s'est empoisonné, j'en ai la certitude.

Lorsque je l'ai vu mort, il avait les yeux excavés et chassieux, le nez effilé et noirâtre, les pommettes et les lèvres bleues, les joues creusées, les extrémités cyanosées et le corps couvert de vergetures noires ; de l'écume sanguinolente sortait de sa bouche et souillait son menton ; ses doigts, crispés, tenaient encore le drap fortement serré. Son facies exprimait une atroce souffrance et une horrible agonie.

Sur son lit et le parquet, j'ai recueilli, éparses, au milieu des déjections verdâtres et striées de sang, quelques parcelles, pâteuses et blanchâtres, ressemblant à de la poudre blanche, pesante, d'une saveur âcre, sans odeur à froid, qui restait encore dans un papier, plié, trouvé sous son oreiller.

Cette pâte blanchâtre et la poudre blanche, jetées l'une et l'autre, séparément, sur un charbon ardent, ayant donné une fumée d'une odeur franchement alliacée, n'étaient donc, toutes les deux, que de l'acide arsénieux ; poison très-violent, qui rendait parfaitement compte des symptômes cadavériques externes, que je voyais.

A son dernier voyage à Nancy et qu'il voulut faire, ainsi que je l'ai dit, sans être accompagné par son épouse, le malheureux Pigoux s'était procuré ce poison, chez un droguiste, son ancien voisin.

Le même jour, il avait déposé, chez un notaire, son testament, dans lequel il me priait d'exécuter toutes ses dernières volontés; de rester l'ami de son épouse et d'accepter la tutelle de l'enfant, qu'elle devait, incessamment, mettre au monde.

A cet acte, si sublime, était joint un pli cacheté, à mon adresse, dans lequel, Pigoux, après m'avoir témoigné sa vive reconnaissance, pour *tous* les services pénibles que je lui avais rendus, ainsi qu'à son épouse, et pour ceux qu'il me demandait et sur lesquels il savait pouvoir compter, me faisait cette dernière recommandation :

« Le docteur attribuera ma mort subite à une
» attaque d'apoplexie et voudra bien en répandre
» le bruit.

» M. de Beltet, seul, connaîtra la vérité, afin
» que, pendant toute sa vie, il ait sur sa cons-
» cience la mort d'un honnête homme, du bien-
» faiteur et sauveur de son père. »

Madame Pigoux a perdu la raison pour avoir compris que son mari avait connu sa trahison et qu'elle l'avait tué.

Peu de temps après cette double catastrophe, Joséphine mit au monde un enfant mort, qui, innocemment, fut encore puni du crime de sa mère.

CHAPITRE XVI.

LE CHATIMENT DU VRAI COUPABLE.

Le lieutenant a connu de moi tous ces affreux détails et, cependant, il n'a point visité la pauvre Joséphine !

Il a lâchement refusé de la voir une fois, une seule fois ! malgré les instances du savant médecin de Stéphansfeld, et en dépit des humbles supplications, que je lui adressai, espérant, quelque peu, que sa vue pourrait faire une favorable impression sur l'intelligence de la malheureuse.

Il a même poussé le cynisme jusqu'à ne point s'informer de *cette folle*, ainsi qu'il la désignait !

M. de Beltet voyant la différence d'âge, de caractère, d'éducation qui existait entre Madame et Monsieur Pigoux, et, par conséquent, la dissidence qui avait lieu entre ces époux ; sachant que, par instinct, la femme peut, fatalement, tout sacrifier et même commettre une lâche trahison, pour satisfaire une passion, il s'attacha à Joséphine, qui négligea mes avertissements, trompée quelle fut par le masque de bonhomie, de vertu et de dévouement, derrière lequel le lieutenant cachait son cœur ; il s'attacha, dis-je, à cette jeune femme, non par l'amitié pure et noble qu'il lui devait, en reconnaissance de ce que la fortune et l'honneur de son père et de lui nécessairement avaient été sauvés par Pigoux ;

mais, tout simplement, par caprice ou mieux par vanité.

En un mot, il abusa, avec adresse, de la confiance, dont on le croyait digne, attendu sa position exceptionnelle.

Quelle réputation, en effet, pour un jeune homme, un lieutenant, que celle d'avoir arraché à son devoir et de posséder une jeune femme, riche, belle, intelligente et surtout tant admirée et enviée !

Mais si la justice est quelquefois tardive à faire sentir le poids de sa main, cependant, elle finit presque toujours par atteindre le coupable ; telle est sa loi souveraine et éternelle.

Les complaisances honteuses, l'injustice, l'hypocrisie, la vénalité et la corruption sous toutes leurs formes et avec tous leurs déguisements ; les actes de bassesse, calculés, et ceux d'inhumanité, de favoritisme déloyal et de lâcheté, froidement prémédités, ne restent pas plus impunis que les plus grands forfaits.

Tôt ou tard, le coupable, quelle que soit sa position sociale, reçoit le châtiment qui lui est approprié.

Aux uns la justice inflige des peines d'eux seuls connues ; à d'autres, comme l'estime de tout le monde ne sert de rien aux hommes qui n'ont pas pour eux le témoignage de leur conscience, elle impose le remords ; ce cauchemar horrible, qui n'accorde repos, ni jour, ni nuit, effet du plus étrange et terrible attribut de l'homme, je veux dire de la conscience ; pour ceux-ci, elle désigne un châtiment physique ; pour ceux-là, le remords et la peine physique.

Le lieutenant de Beltet fut puni comme il le méritait.

Il s'éloigna de Lunéville, avec une de ces créatures, que la paresse, la gourmandise et l'amour effréné du luxe jettent dans la fange et qui, lorsqu'elles rencontrent des hommes faibles et vaniteux, s'attachent à eux, leur dessèchent le cœur, puis les repoussent, en filles de marbre, c'est-à-dire, avec dédain et sans pitié, dès qu'ils sont réduits à la misère, plongés dans les dettes et souvent, hélas ! dans le crime.

Obligé de quitter son régiment, M. de Beltet passa en Afrique. Au bout de quelque temps, il obtint l'insigne faveur de rejoindre notre armée d'Orient ; mais il n'eut point le bonheur et l'honneur de partager la gloire dont ses compatriotes se couvraient en Crimée.

Sa constitution, usée par les excès et surtout par le remords, donna prise facilement à la maladie.

Atteint d'une légère, mais tenace dysenterie scorbutique, dès son embarquement à Alger, il alla languir des mois, à l'hôpital de Kamiesch.

Là, chaque jour, chaque heure, il entendit le récit des actions de ses héroïques frères d'armes, dignes de leurs aïeux, de leurs successeurs et de la France ; et, dans la force de l'âge, il mourut, inutile et ignoré, malgré son ambition et son orgueil, le lendemain de la prise de la tour de Malakoff.

FIN.

TABLE.

SAINT-NICOLAS, PRÈS NANCY. — IMP. DE P. TRENEL.